Lleucu
ANGYLES YR EIRA

MARIE-LOUISE GAY

Addasiad MERERID HOPWOOD

Cyhoeddwyd gyntaf yng Nghanada yn 2000
gan Groundwood Books / House of Anansi Press,
110 Spadina Avenue, Suite 801, Toronto,
Ontario, Canada M5V 2K4

Cyhoeddwyd gyntaf yng Nghymru yn 2007
gan Wasg Gomer, Llandysul, Ceredigion, SA44 4JL

ⓗ y testun a'r lluniau: Marie-Louise Gay ©
ⓗ y testun Cymraeg: Mererid Hopwood ©

ISBN 978 1 84323 801 0

Dymuna'r cyhoeddwyr gydnabod cymorth
Adrannau Cyngor Llyfrau Cymru a Chyngor Celfyddydau Canada.

Argraffwyd a rhwymwyd yn China.

I David

Doedd Llŷr erioed wedi gweld eira.
Hon oedd ei storom eira gyntaf.

'O! Dyna hardd, Llŷr!' meddai Lleucu.
'Mae'n wyn iawn,' meddai Llŷr, 'ac mae'n gwneud i mi deimlo'n rhyfedd.'
'Dere, Llŷr,' meddai Lleucu. 'Gad i ni fynd allan.'

'Ydy eira'n oer?' holodd Llŷr. 'Ydy e'n galed ac yn rhewllyd?'
'Mae eira mor oer â hufen iâ fanila,' atebodd Lleucu, 'ac yn feddal
fel cot cwningen fach.'

'Fedrwch chi fwyta plu eira?' holodd Llŷr.
'Mae eirth gwyn yn gwneud,' meddai Lleucu.
'Dyna fyddan nhw'n ei fwyta i frecwast.'

'Gyda llaeth?' holodd Llŷr.
'Ie,' meddai Lleucu, 'a siwgwr.'

'Gad i ni wneud dyn eira, Llŷr,' meddai Lleucu.
'Lle mae dyn eira'n cysgu?' holodd Llŷr.
'Mewn clawdd o eira meddal, pluog,' atebodd Lleucu.

'Beth mae dyn eira'n ei fwyta?' holodd Llŷr.
'Peli eira . . .' canodd Lleucu, 'cesig eira . . . a dillad eira.'

'Ydy dynion eira'n bwyta dillad eira *gwyrdd*?' holodd Llŷr.
'Na,' meddai Lleucu. 'Maen nhw'n bwyta rhai pinc.'

'Wyt ti'n siŵr?' holodd Llŷr.
'Beth am fynd i sglefrio ar y llyn,' meddai Lleucu.

'Lle mae'r dŵr?' holodd Llŷr.

'Mae'r dŵr wedi rhewi,' meddai Lleucu, 'fel un deigryn anferth o iâ.'

'Ydy'r brogaod wedi rhewi hefyd?' holodd Llŷr.
'Na,' meddai Lleucu. 'Maen nhw'n cysgu o dan yr iâ.'

'Beth amdani, Llŷr?' meddai Lleucu. 'Gwisga dy sgidiau sglefrio.'

'Mewn munud,' meddai Llŷr. 'Rwy'n gwrando ar y brogaod yn chwyrnu.'

'Hei!' meddai Llŷr. 'Pam bod niwl yn dod mas o 'ngheg i?'
'Pan mae hi'n oer,' meddai Lleucu, 'mae dy eiriau di'n rhewi.
Mae gan bob gair siâp niwl gwahanol. Ti'n gweld?'

'Ond fedra i ddim darllen eto,' meddai Llŷr.
'Gad i ni godi castell 'te,' meddai Lleucu.

'O ble daw'r eira?' holodd Llŷr.
'I ble mae'r eira'n mynd yn yr haf?
Sawl pluen eira sydd mewn pelen eira?'

'Pwy a ŵyr, Llŷr,' ochneidiodd Lleucu. 'Dere i roi help i mi.'
'Mewn munud,' meddai Llew. 'Rwy'n cyfri'r plu . . .'

'Gad i ni ddringo i gopa'r mynydd,' meddai Lleucu.
'Pam?' holodd Llŷr. 'I beth?'
'Er mwyn cael llithro bob cam i lawr,' meddai Lleucu.

'Fyddwn ni'n llithro'n gyflym, gyflym?' holodd Llŷr.
'Yn gynt nag aderyn,' canodd Lleucu.
'Ac yn gynt nag awyren.'

'Fyddwn ni'n medru stopo?' holodd Llŷr.
'Stopo?' holodd Lleucu. 'Pwy sy eisiau stopo? Dal yn dynn!'

'Rwy'n credu y gwna i gerdded lawr,' meddai Llŷr.

'Ydy cŵn yn teimlo'r oerfel?' holodd Llŷr.
'Na,' meddai Lleucu. 'Mae cŵn yn gwisgo cotiau ffwr.'
'Ydy adar yn crynu?' holodd Llŷr.

'Na,' meddai Lleucu. 'Mae adar yn gwisgo sgidiau eira.'
'Fel fy rhai i?' holodd Llŷr.
'Rhywbeth yn debyg,' meddai Lleucu, 'ond rhai llawer llai.'

'Beth am wneud angylion eira?' meddai Lleucu,
'gydag adenydd llydan o blu gwyn.'

'Ydy angylion eira'n medru hedfan?' holodd Llŷr.
'Ydyn nhw'n medru canu?'

'Wrth gwrs,' meddai Lleucu. 'Gwranda! Wyt ti'n eu clywed nhw?'

'Ydw!' sibrydodd Llŷr.